www.tredition.de

AF217696

Nina Kather

Damen-Dramen und coole Typen

© 2019 Nina Kather

Verlag & Druck: tredition GmbH, Hamburg

ISBN
Paperback   978-3-7469-4992-5
Hardcover   978-3-7469-4993-2
e-Book   978-3-7469-4994-9

Inhaltsverzeichnis

Damen-D*r*amen und coole Typen

Vorwort

Während ich die letzten Zeilen über meine Begegnungen mit der Herrenwelt schrieb, kam mir ein spontaner Gedanke, auch über die Damen zu berichten. Sie bieten ebenfalls reichlich Stoff an Heiterem. Die folgenden Begebenheiten lösten allein beim Erzählen Lachen und Frohsinn aus.

Witzige Momente und Absurditäten überfluteten mich manches Mal innerhalb weniger Stunden. In kurzer Zeit wurde ich zum herzhaften Lachen animiert, während ich beinahe gleichzeitig in stummen Erstaunen nur den Kopf schütteln konnte.

Nicht nur das Erleben selbst, sondern auch das anschließende Niederschreiben der verschiedenen Episoden bedeutete großes Vergnügen.

Daher möchte ich Sie gern zu einer heiteren Erlebnisreise durch diese Vielfalt einladen.

Ihre Nina Kather

Es lebe die Fitness

Es nötigt mir ganz großen Respekt ab, mit welchem Elan sich manche Menschen mit aller Macht gegen den Alterungsprozess stemmen. Besonders bewundere ich die ältere Generation, die sich mit zunehmendem Alter noch regelmäßig bewegt, um einem langsamen Verfall ihrer körperlichen und geistigen Fähigkeiten vorzubeugen. Bei diesen Gedanken kommt mir ein spezielles Exemplar der o.g. Gattung in den Sinn.

Henri, eher klein und stämmig, ein echter „Pfunds-Kerl". Trotz seines Umfangs war er ein Energie-Bündel. Hauptberuflich übte er eine sitzende Tätigkeit aus und suchte in seiner Freizeit einen „bewegenden" Ausgleich, was ihm nicht schwer fiel. Er probierte zig Sportarten aus. Grinsend äußerte sich seine Frau Edelgard dazu mit ihrem Standard-Spruch: „... das ist Henris fünfte oder sechste sportliche Karriere". Es gab nur wenige Sportarten, die er nicht probiert hat. Seine Karriere in Sachen Fitness begann mit Fußball, dann Handball, nach einigen Jahren versuchte er sich an „Gewichte heben". Schwimmen und Badminton wären auch erwähnenswert.

In der letzten Zeit schien seine sportliche Karriere ein kleinen Knick zu bekommen. Diesen Zustand bedauerte er natürlich sehr. Obwohl das Fitnessstudio, in welchem er trainierte, für lange Zeit wegen Renovierungsmaßnahmen geschlossen war, überlebte er diese Zeit mit Hängen und Würgen. Danach konnte er sich wieder mit Feuereifer seinem Körper widmen.

„Es tut so richtig gut, den Körper mal wieder ganz durchzuarbeiten ..." waren seine ersten Worte, als ich ihm an seinem Geburtstag nach seinem Befinden fragte.

Henri und Edelgard gingen nach seinen Worten regelmäßig - 3 mal !!! - pro Woche in das Studio. Wobei ich glaube, dass Edelgard eher eine Statistenrolle einnahm.

Seine Worte entlockten mir spontane Heiterkeit, wenn man bedenkt, dass Henri stramm auf die „90" zumarschiert ...

Wahrscheinlich nimmt er sich den bekannten Spruch bekennender Sportfans zu Herzen: „Turne bis zur Urne ..."

Anschlag auf den Gatten

Wenn gar nichts mehr ging, gab es nur noch eine einzige Lösung. Frau legte selbst Hand an ...

Mein Tag war gekommen. Endlich. Voller Ungeduld und innerlicher Erregung hatte ich ihn förmlich herbeigesehnt. Jetzt konnte ich mich revanchieren. Für all die Unbilden, die der Gatte in den letzten Jahren wieder und wieder durch seine unbeugsame Art verursachte. Ohne auch nur mit einer Wimper zu zucken, verfolgte ich meinen Plan. Leise lächelte ich vor mich hin. Solche Erbarmungslosigkeit hätte ich mir selbst gar nicht zugetraut ... Lange Wochen, ja Monate hatte ich mir die kühnsten Gedanken ob meines Vorgehens gemacht und verschiedenste Methoden auf den Prüfstand gestellt, von denen mir letztlich keine 100% sicher erschien. Ich musste meine Emotionen, die immer wieder über mir wie eine riesige aufschäumende Welle zusammenschlugen, bezähmen und klug taktierend vorgehen, wenn mein Vorhaben nicht zum Scheitern verurteilt sein sollte. Gedanken an einen Misserfolg blendete ich konsequent aus.

Liebevoll füllte ich die Tasse mit dem Lieblingsgetränk des Gatten, dem goldbraunen Cappuccino. Um dem Getränk das perfekte Finish zu verleihen, streute ich mit großer Zufriedenheit einen Hauch von Schokoladenpulver darüber. Der Gatte sollte schließlich sein Lieblingsgetränk mit vollstem Genuss bis zur Neige auskosten … „So mein Lieber, nun ist Zahltag und Du entrinnst mir nicht …". Hoffentlich hatte ich genug genommen und die Wirkung zeigte sich rasch.

„Liebster, Dein Cappuccino" flötete ich und servierte ihm das Gewünschte. Meine Nerven waren zum Zerreißen gespannt. Fieberhaft wartete ich auf seinen ersten Schluck, während ich ihm einen sanften Blick schenkte. Am liebsten hätte ich ihm die gesamte Flüssigkeit auf einmal in die Kehle geschüttet. Jäh bäumte sich der Gatte auf und schüttelte sich heftig: „Willst Du mich etwa mit diesem Gesöff vergiften?" „Nein, mein Schatz, dieses Gesöff, wie Du es nennst, ist versetzt mit einer hochkonzentrierten Flüssigkeit" „und haucht meinen Lebenssaft aus", röchelte er zwischen zwei Anfällen. „aus natürlichen Kräuterextrakten und sorgt dafür, dass Dein chronischer Husten endlich der Vergangenheit angehört! Trink jetzt!" Honigsüß lächelte ich, während der unmissverständliche Befehlston meiner Stimme nicht zu überhören war. Der Gatte tat ausnahmsweise einmal brav, wie ihm geheißen. Geht doch …

Ein toller Hecht

Was für ein Mann ...
fange statisch an zu zittern
mein Erlebnis muss ich just der
besten Freundin twittern
dieser Mann macht mich total verrückt
der Einstieg in mein Herz
ist ihm total geglückt
er fesselt mich mit allen Sinnen
ersetzt er doch die Terrinen ...
die „hinnen" ...

Volltreffer

An einem Samstagmorgen, ich war gerade in der Küche, um unser Frühstück vorzubereiten, entdeckte ich „es" an meinem Platz. Ein Paket mittlerer Größe. Ich war perplex. Liebevoll eingehüllt in buntes Geschenkpapier, das I-Tüpfelchen bildete die farbig passende Schleife. Fast wie Weihnachten, schoss es mir durch den Kopf. Ein Präsent für mich? Wow! Ein Geschenk außer der Reihe, wie aufmerksam, grinste ich in mich hinein. Ein bisschen war ich irritiert.

„Mein Schatz, gut geschlafen?" Gähnend erschien der Gatte, in seinen Morgenmantel gewickelt, in der Küchentür. Ich nickte: „Und Du brauchst einen Kaffee". Mit dieser Feststellung warf ich die Kaffee-Maschine an. „Möchtest Du es nicht auspacken?" Der Gatte deutete auf das Paket. „Wie komme ich zu der Ehre?" antwortete ich mit einer Gegenfrage, die mir keine Ruhe ließ. „Nina, öffne es und Du wirst staunen!" grinsend forderte Frederic mich auf und genoss den ersten Kaffee des Tages.

Schnell hatte ich die kunstvoll gebundene Schleife geöffnet und streifte das Geschenkpapier ab – und war baff. „Mein lieber Schatz, Du ahnst meine geheimsten Wünsche ..." strahlte ich und schenkte ihm einen Kuss. Selig betrachtete ich mein „Goldstück". (In diesem speziellen Fall spreche ich ausnahmsweise nicht vom Gatten ...) „Wie lieb von Dir, dass Du so mitfühlend an Dein geplagtes Weib denkst". Fast zärtlich strich ich über die Form. „Per Zufall habe ich gesehen, dass das Zentral-Kaufhaus die Pforten schließt und mit roten Preisen lockte, daher bin ich kurz in der Mittagspause hin. Beim Durchstreifen der Reihen fiel mir Dein Wunsch wieder ein und mein Blick blieb an ihm hier hängen". Stimmt, irgendwann hatte ich laut über die Anschaffung nachgedacht. „Ich kann hell sehen." Über seinen tollen Einfall und dessen Wirkung bei mir war er äußerst erfreut. „Aufregend, ein mitdenkender Gatte...". „So kann man auch mit kleinen Sachen „älteren" Damen eine riesengroße Freude machen ..." und verschluckte sich fast am heißen Kaffee vor lauter Fez über seine lyrischen Fähigkeiten. „Die „ältere" Dame nimmst Du sofort zurück, sonst ..." Intuitiv sprang ich auf, griff nach meinem Geschenk und schwenkte es in Frederics Richtung. Mechanisch duckte dieser sein leicht ergrautes Haupt. „Nina, bitte achtsam mit der Kostbarkeit", er tippte sich ulkend an die Stirn, „bei meinem harten Schädel ..." „Du meinst wohl Dickkopf?" erwiderte ich grienend.

Bei meinem neuen Schmuckstück handelte es sich um einen silbernen, mittelgroßen Stieltopf.... Einige von Ihnen, liebe Leserinnen, werden im Moment bestimmt ein wenig stutzen und sich die eine Frage stellen: Wie kann Frau sich über einen banalen Topf so freuen?

Gern kläre ich Sie an dieser Stelle auf. Ein winziges Detail daran machte mich überglücklich: Der Topf war mit einem Ausguss versehen. Bei unserem Uralt-Modell fehlte dieser. Beim Umschütten diverser Flüssigkeiten habe ich oft gekleckert und mich ziemlich geärgert. Dieser Umstand gehörte wohl endgültig der Vergangenheit an.

Bananenquark

„Das ist doch nicht etwa ..." Die Worte blieben ihm im Hals stecken. Kaum hatte er den Inhalt genauer betrachtet, atmete er merklich auf. „Was für ein Glück". Zufrieden grinsend ließ sich der Gatte das Dessert schmecken.

„Du musst mir etwas versprechen" begann er mit feierlicher Miene. Nanu, was wird das jetzt, fragte ich mich im Bruchteil einer Sekunde. Auf die Antwort musste ich nicht lange warten. „Also: auf gar keinen Fall Quarkspeise", äußerte er bestimmt zwischen zwei Löffeln des Desserts. Ich war mehr als verdutzt. Der Gatte hatte sich meiner Kochkunst fast nie verweigert. „Wieso? Quark ist bekömmlich, gesund und soviel mir bekannt ist, hast Du meine Quarkspeise immer gemocht". Momentan konnte ich ihm gedanklich nicht folgen.

„Du hast vollkommen recht; aber ab heute weigere ich mich auf das Entschiedenste, wenn es Quark gibt". Aufmerksam forschte ich in seinem Gesicht. Gequält verzog er dasselbe. Da ich ihn lange genug kannte, vermutete ich, dass nun etwas Außergewöhnliches folgte. „ ... besonders wenn es sich um Bananenquark handelt. Wie bereitest Du den eigentlich zu?" „Wieso fragst Du? Ist doch ganz simpel: ich schneide die Banane in hauchfeine Scheiben, gebe sie in den Mixer und püriere sie dann im Quark". „Ach so, dann bin ich ja beruhigt", der Gatte atmete tief durch und fing plötzlich an, laut zu lachen. Ich war irritiert. „Geht` s auch anders?" „Viel viel einfacher", der Gatte prustete los: „Der Kollege hat sich heute Mittag Bananenquark gemacht. Zufällig habe ich ihn dabei beobachtet ..." „Und was ist jetzt mit dem Bananenquark Deines Kollegen?" Langsam wurde ich nicht nur ungeduldig sondern ziemlich neugierig.

„Du machst Dir eindeutig zu viel Mühe dabei. Man schält die Banane, beißt Stück für Stück ab und ..." „Nein", rief ich entsetzt. Lebhaft konnte ich mir vorstellen, was jetzt kam. Demonstrativ beugte er den Kopf leicht vor und öffnete den Mund. „ ... und sp ... diese in die Original-Plastikschale mit dem Quark ...". „Umfüllen macht entschieden zu viel Arbeit". Der Gatte kämpfte mit seinem Heiterkeitsausbruch und nahm verschiedene Anläufe, um mir weiter davon berichten zu können. Vergeblich. Jedes Mal wurde er von akuten Lachanfällen geschüttelt.

Widerwillig musste auch ich lachen. Zum Glück waren wir mit unserem Dessert fertig.

Dorf in Verruf

Ich straffte mich und kniff die Augen fest zu. Aus den Augenwinkeln hatte ich das große Schild bemerkt. Intuitiv stoppte ich mitten im Laufschritt. Im leergeräumten Schaufenster der ehemaligen Bäckerei hing ein weißes Pappschild in DIN-A4 Größe. Offensichtlich hatte hier eine Neu-Eröffnung stattgefunden. Automatisch verringerte ich meine Geschwindigkeit und stutzte. Im Bruchteil einer Sekunde fiel mir eine Verdoppelung auf. „Ein doppeltes S". Verwundert las ich „Hostessen-Massage"... Dieser Begriff, mit schwarzem Filzstift in Großbuchstaben geschrieben, setzte automatisch einen Film in meinem Kopf in Gang. Welche Entwicklung. Von einer grundsoliden Handwerksbäckerei zum ... Ein Etablissement mitten einem sehr bodenständigen Dörfchen? Ich schluckte und trat automatisch ein paar Schritte zurück. „Hot Stone Massage, Neueröffnung" las ich bedächtig, wieder in der Realität angekommen. Ach sooo. „Frederic, komm mal hierher" lotste ich ihn mit großer Handbewegung zu mir und deutete auf das Schild. Der Gatte näherte sich bedächtig. Er las mit kraftloser Stimme vor. „Ja und?" wahrscheinlich konnte er mir aufgrund einer just eingetretenen Erschöpfung nicht folgen. Tief durchatmend unternahm ich einen Versuch, meinen akuten Lachanfall zu bekämpfen. „Hostessen", wieder wurde ich von spontanem Gelächter geschüttelt, „Hostessen-Massage" hab ich gelesen!" Mühsam rang er sich ein Grinsen ab.

Bei einem unserer Tanzclub-Abende gab ich meine „Stilblüte" zum Besten, als wir heitere Stunden verbrachten und eine Zote die nächste jagte. Ausgelassen alberte man auf dem Sitz hin und her, einer aus der Tanzgemeinschaft schlug sich vergnügt auf die Oberschenkel, einer Mittänzerin standen vor lauter Fez Tränen in den Augen, als Sabrina trocken resümierte: „Da war die Phantasie doch schneller ...". Der gesamte Tisch bog sich vor Lachen und an Tanzen war erst mal nicht zu denken.

Stress ohne Ende

Wollte ich weder Hörsturz noch lebenslange Taubheit riskieren, musste ich schnell handeln. Seit einiger Zeit konnte ich schlecht hören und hatte zunehmend das Gefühl, einen dicken Wattebausch im rechten Ohr zu haben. Ein lautes, permanentes Pochen den ganzen Tag über empfand ich als ziemlich stressig. Da ich – glücklicherweise – über eine gute gesundheitliche Konstitution verfüge, kannte ich Arztpraxen nur von außen. In meinem speziellen Fall musste ich einen Facharzt aufsuchen. Leider kannte ich keinen. Eine Kollegin gab mir den entscheidenden Tipp. Herr Dr. Rausch, ein Spezi auf seinem Gebiet, hatte seine Praxis nur wenige Kilometer entfernt im Nachbardorf. Relativ zeitnah bekam ich einen Termin. Zum Glück. So schnell wie möglich wollte ich die Behandlung hinter mich bringen.

Endlich hatte ich es geschafft und mein Anliegen vorbringen können, nachdem ich mich in die Schlange wartender Patienten einreihte und enorme Geduld bewies. Schließlich beorderte mich die resolute Praxis-Managerin ins Wartezimmer, nachdem sie nebenbei die Auszubildende „flott machte": „Hast Du nichts zu tun? Du siehst doch, was hier los ist ..." Die

Praktikantin, ein ca. 15jähriges Mädchen, stand verschüchtert hinter dem Tresen und blickte Fräulein Jäger über die Schulter. Die Kleine tat mir leid. Der Umgangston von Fräulein Jäger war mir bereits aufgefallen,als ich meinen Fall schilderte. Der Erscheinung nach zu urteilen, war die „erste Frau hinter dem Arzt" ein typisches, ältliches Fräulein und hatte mit einer modernen Single-Frau nichts gemein. „Agnes Jäger" stand auf dem kleinen Schild im Revers-Bereich ihres schneeweißen, gesteiften Kittels. Die Frisur, streng gescheitelt und die dick umrandete Brille stammte aus längst vergangenen Zeiten, vermutete ich.

Kaum hatte ich die Mitleidenden freundlich begrüßt, meine Jacke aufgehängt und einen Platz erobert, rauschte Fräulein Jäger um die Ecke. „Frau Kather, nehmen Sie hier", sie wies mich auf einen zusätzlichen Wartebereich hin, „noch kurz Platz". Direkt neben der Ordination befand sich eine Art Wartelounge. Dort musste ich aufs Neue warten. An der langen Wand waren fünf Stühle sorgfältig aufgereiht. Ich entschied mich für den ersten Platz neben der Tür, da ich auch hier eine straffe Organisation vermutete. Die Patienten nach mir mussten sich mit den anschließenden Plätzen zufrieden geben. Seufzend harrte ich der Dinge, die auf mich zukommen sollten.„Frau Kather"… Fräulein Jäger hastete aus den Untiefen der Praxis ein weiteres Mal heran … Sollte ich wieder „versetzt" werden? Ich erhob mich erwartungsvoll. „Folgen Sie mir einfach", kommandierte sie und schritt behände voran. In einer Nische, direkt gegenüber den Aborten bat sie mich – nein, nicht zum erneuten Warten … - endlich – in einen Behandlungsraum.

Bravourös meisterte sie das Praxis-Management. Nicht zu vergessen das enorme Patienten-Aufkommen, das ihr enorme Nervenstärke ab rang. Ich war beeindruckt.

Gerade – ein ! - einzelner Patient saß vor mir und die Praxis wies nach meiner Behandlung bzw. meinem Abgang gähnende Leere auf …

beim Einkaufen – kleine Zwischenbilanz

Amüsiert beobachtete ich einige Szenen, die sich auffallend häuften.

In diesen speziellen Fällen meine ich den gewöhnungsbedürftigen Umgang mit dem Verkaufspersonal. Gewisse Verhaltensweisen stimmten mich äußerst nachdenklich.

a) beim Einkaufen, vorzugsweise an der Bäckerei-Theke

Ein „Habt´er" oder „habt Ihr" schallte mir oft um die Ohren, während ich geduldig wartend in einer mehr oder weniger langen Schlange vor der gläsernen Verkaufstheke verharrte. Gnadenlos wurden alle Menschen jenseits der Theke geduzt. Dabei war das Personal bereits volljährig …

Das Phänomen habe ich im Laufe der Zeit in sehr vielen Bäckereien bemerkt. Waren alle Männer etwa mit sämtlichen Bediensteten verbandelt?

Das sonderbare Verhalten lässt nur diesen Schluss zu …

b) im Café

Die Bestellung eines Kaffees glich einem Befehl und der begleitende vorwurfsvolle Tonfall war nicht zu überhören. „Zwei Kaffe (mit kurzem „e") „bellte" neulich ein Mann in einem Café die Kellnerin an. Beinahe einer Aufforderung zum Kampf glich die Bestellung, so heftig vorgetragen. Die arme Bedienstete. Dem Gesichtsausdruck des Gastes nach zu urteilen, war dieser zum Äußersten bereit. Sein Feldherrenton ließ stark vermuten: Er zog in eine Schlacht!

... in eine Kaffee- und Kuchenschlacht ...

Parallelen lassen sich durchaus erkennen: Nicht nur diese beginnt mit einem „K", sondern auch die schrecklichste aller Schlachten beginnt mit einem „K": ... wie Krieg ...

Cleveres Bürschchen

Amüsiert betrachtete Robert Helene. Sie genoss sie ihr üppiges Tortenstück aus Schokoladen-Sahne, Nougat und Marzipan, dekoriert mit einer Blüte aus hauchfeinen Schokoladen-Raspeln und Mokkabohnen. Café Kringel, vielfach für seine Qualität ausgezeichnet, feierte heute 30jähriges Jubiläum und bot sämtliche Torten, Kuchen und diverses Kleingebäck zum Preis von einem Euro an.

„So eine einmalige Gelegenheit durfte ich nicht verstreichen lassen". Helene blinzelte dem Gatten zu. „Dir scheint es vorzüglich zu schmecken". Robert sah ihr mit einem Lächeln zu. Sie strahlte. Die Cremetorte zerging auf der Zunge, ihre Entscheidung war goldrichtig. Helene genoss die unerwartete Begleitung des Liebsten in dem heimeligen Café und fühlte sich rundum wohl. Welch` ein wunderbarer Nachmittag. Trotz der Unbilden um Roberts PKW. „Und was ist genau passiert?" Helene wendete ihre Augen für einen Moment von ihrer Leckerei ab. Konzentriert sah sie den Gatten an. „Ausgerechnet heute habe ich einige Auswärts-Termine. Und er streikt. Aber ... mit fiel ein, dass Du heute in die Stadt fahren wolltest ... und da ich meinen nächsten Termin ... Möchtest Du nochmal zugreifen?" Helene schloss bei den letzten Happen verträumt die Augen. „Vielleicht noch eine andere Sorte probieren?" Helene tippte sich an ihren Bauch. Dankend lehnte sie ab. „ ... und deshalb kam mir die fulminante Idee, ich verquicke das Angenehme mit dem Nützlichen ... und habe zudem eine persönliche Fahrerin. Du spielst heute meine Chauffeurin, kutschierst mich zum Kunden und anschließend nach Hause", grinste Robert spitzbübisch. „Sonst hätte ich mir heute Abend tatsächlich zwei Stühle im Büro zusammenschieben müssen", seufzte er. „Möchtest Du wirklich kein Häppchen mehr? Sieh´ nur die prachtvolle Auswahl. Ich spendiere Dir gern noch eines".

Helene war irritiert. „Willst Du mich demnächst durch die Gegend rollen? Es war sehr sehr lecker; aber ich muss ein bisschen aufpassen". Sie spielte auf ihre deutlich rundschlanke Figur an. „Du weißt doch, ich fahre ungern mit den Öffentlichen", zwinkerte er ihr zu. Aufmerksam betrachtete sie den Gatten. „ Lenke nicht ab, ich kenne Dich doch ..." „Der PKW wird in die Werkstatt abgeschleppt, habe bereits alles organisiert". Angestrengt dachte Robert nach.

„Du kennst sicher den Begriff „Straßenlage"? Das ist bei Dir nicht anders als

bei den Autos". Helene dämmerte es allmählich. „Robert!", leise drohend hob sie den Zeigefinger. Der Gatte war nicht mehr zu brem-
sen: „Je mehr Gewicht Du auf die Straße
bringst - desto besser ist Deine „Straßenlage".
Umso geschmeidiger verläuft nachher unsere
Fahrt ..."

Wenn die Not am größten ist …

„Allmählich wird`s Zeit", signalisierte ich dem Gatten auf seine Frage nach einer „Piller-Pause" und rutschte unruhig hin und her. Ich war mit meiner Familie zu einem verlängerten Wochenend-Trip aufgebrochen. „Hältst Du noch ein paar Kilometer durch? Dann können wir dem Stau davonfahren", erklärte er mir im Hinblick auf die aktuelle Verkehrssituation. „Du kannst speed geben, es reicht, wenn wir einen der nächsten Rastplätze mit WC anfahren", meinte ich locker, hatte allerdings nicht mit dem beinahe-Versagen meiner Blase gerechnet. Der Gatte zog das Tempo an und schaltete in den fünften Gang.

Ein paar Kilometer weiter bemerkte ich meinen fatalen Fehler. Weit und breit kein Rastplatz mit WC in Sicht. Von Kilometer zu Kilometer rutschte ich von einer Seite auf die andere. Ich stand kurz vor dem Platzen. Wie ein zu straff aufgeblasener Ballon. Die zusätzlichen Schmerzen hatte ich so noch nie erlebt. Fieberhaft starrte ich zur Seite, um nach dem nächstbesten Platz Ausschau zu halten. Waren diese etwa zurückgebaut worden? Automatisch hielt ich den Atem an. „Halt durch, ich fahre jetzt den nächsten Stand-Streifen an", spornte mich der Gatte an und gab wild entschlossen Gummi.

Wir rauschten die Autobahn entlang. Und - es geschahen noch Zeichen und Wunder. Wunder in Form eines Rastplatzes in ein paar Kilometer Entfernung. Mit quietschenden Reifen hielten wir, kaum dass wir den Platz erreicht hatten. Der Gatte sprang aus dem Cockpit und hangelte sich auf die Rückbank. Ich riss die Beifahrertür auf, ließ die Jeans herunter, rutschte tief in die Knie und ließ mit einem tiefen Seufzer laufen. Der Gatte baute sich hinter mir auf, um mich von den Massen des Autoaufkommens ein paar Meter hinter uns abzuschirmen.

Absolute Rettung in höchster Not war das Töpfchen unserer kleinen Tochter: Es lief fast über …

Typisch ...

„Nun, wie war Dein Tag?" Sabrina und Bernhard saßen sich in der kleinen Sitzecke der Küche beim Abendessen gegenüber. Sichtlich aufgeräumt wandte sich der Gatte ihr zu, nachdem er stolz von seinen hohen Vertrags-Abschlüssen berichtet hatte. Sie druckste ein wenig. „Hardilein, ich muss Dir etwas beichten". Froh, es endlich ausgesprochen zu haben, atmete Sabrina tief durch. „So? Was hast Du gemacht?" Schlagartig verdunkelte sich seine Miene, während er in ihren Gesichtszügen forschte.

„Ein Missgeschick ... Es war so schrecklich hektisch, da ist mir in der Eile ein Malheur passiert. Ich habe in dem ganzen Stress die" sie rang nach dem treffenden Ausdruck „die Gänge verwechselt und" „nein", schrie es aus ihm heraus. Auf Bernhards Stirn bildete sich eine steile Falte. Er sprang heftig auf, so dass der Stuhl fast ins Trudeln geriet." „Wo ist er, ist er noch fahrbereit?" Ungeduldig sah er seine Frau an. „Ich fürchte eine zusätzliche, nebenbei bemerkt, vollkommen unnötige Ausgabe, vermutlich bestimmt einige Hundert Euro. Dass Ihr Frauen das nie lernt!" Der deutliche Vorwurf war nicht zu überhören. „Wieso wir Frauen? Lass Dir doch erklären ..."

„Komm` jetzt mit, ich muss mir den Schaden ansehen" unterbrach er sie und strebte zur Haustür. Seine Stimme duldete keinen Widerspruch. Sie konnte ihn gerade am Ärmel zurückhalten. „Ich höre immer nur Auto ..." „ ... Ist das Auto denn heil geblieben?" unterbrach er sie verwundert. Bernhard verstand gar nichts mehr. „Du sprachst doch von Gängen, da habe ich als erstes ans Auto ..." „Und Du hörst mir nicht zu, ich kam nicht sofort drauf". Ein erhellender Gedanke durchzuckte sie: „Habe etwas verwechselt. Ich meinte doch eigentlich die Programme ..." Irritiert schaute er sie an. „Die Programme der Waschmaschine ... ich habe Deine Lieblingsjeans und Deinen Führerschein auf XXS-Größe geschrumpft ... in der Eile muss ich wohl ein verkehrtes Programm eingestellt haben ..."

Typisch Mann, denkt zuallererst an das Wohlergehen seines liebsten Gefährten: des Autos

Rendezvous

„Hallo mein Lieber,

„Stell` Dir vor, wir haben eine nette Bekanntschaft gemacht. Hansi und Ernst-Peter heißen die beiden". Nun noch ein lächelnder Smiley, dann sandte ich die Nachricht ab. Eine liebe Kollegin und ich waren auf einer Dienstreise für unseren Arbeitgeber. Nach Veranstaltungsschluss am frühen Nachmittag bummelten wir durch die historische Altstadt mit den Baudenkmälern und Kirchen, bevor in unser Hotel zurückkehrten. Nach dem Dinner berichtete ich dem Gatten vom Verlauf des Tages.

„Hansi und auch Ernst-Peter machen einen netten Eindruck", schrieb ich weiter. „Sie sind ursprünglich Hauptstädter und über einige Umwege nun hier gelandet. Wir haben sie gleich zweimal im Altstadtcafé getroffen. Es handelt sich wirklich um liebenswerte Burschen. Beide sind nicht sehr groß und leicht rundlich: Du weißt ja, Bärchen, ich liebe (Dein) Bäuchlein, es verbreitet so eine Gemütlichkeit … Wir haben uns köstlich amüsiert mit den beiden …". Ein Klick - der Gatte brauchte nicht lange zu warten. Postwendend erwiderte er: „Hansi, Ernst-Peter, was betreiben die beiden denn beruflich?" Ich grinste. Diese erste „Frage aller Fragen" hatte ich erwartet. „Sie sind für das leibliche Wohl zuständig". „Etwa Kellner oder Köche in Eurem Hotel?" Der Gatte wollte es genau wissen. „Nein, weder noch". „Bäcker, Konditoren?" „Schon wärmer", schrieb ich amüsiert. Auf dem Display sah ich nur Fragezeichen. Sollte der Gatte etwa schon aufgeben? Das wäre äußerst untypisch für ihn. „Denk` doch mal scharf nach: Sie kommen aus der Hauptstadt!"Nach einer Viertelstunde lachten mir jede Menge Smileys mit Tränen in den Augen auf meinem Display entgegen. Der Cent war gefallen. Schnell sandte ich einen zwinkernden Smiley zurück ...

Kaffeedurst trieb uns in eines der kleinen Cafés rund um den großen Domplatz. Gern gönne ich mir zum Kaffee eine kleine Leckerei, sonst ist der Kaffee so trocken ... und ließ meine Blicke ein wenig unschlüssig über das reichhaltige Kuchen-Buffet schweifen. Plötzlich wurde ich wie magisch angezogen. Von zwei Herren. Für wen sollte ich mich entscheiden? Nun hatte ich die Qual der Wahl. Meine Kollegin grinste, als ich sie lachend darauf aufmerksam machte. Bei „unseren neuen Bekannten" handelte es sich tatsächlich um Hauptstädter: Sie waren Berliner.

Hansi und Ernst-Peter machten einen äußerst properen Eindruck. Hansi, mit Puderzucker über streut und fruchtiger Kirschmarmelade gefüllt, Ernst-Peter war mit Zuckerguss überzogen, während sein Innenleben aus Pflaumenmus bestand. Meine Kollegin verschmähte allerdings beide „Herren" und entschied sich für einen schlichten „no-name" Obstkuchen, dafür mit viel Sahne, während ich mich schließlich für „Hansi" entschied.

Opa mischt mit

„Tooooooooooor..........." Einige Zuschauer fühlten sich bereits in Siegeslaune, während eine heiße Welle der Begeisterung über das gesamte Areal schwappte. Sekündlich erwartete man das heißersehnte Tor. Beinahe hätten sich ganze Trauben von Fans in den Armen gelegen. Der Ball aber sauste haarscharf am Tor vorbei ... leider. Das Spiel gewann an Fahrt und die Besucher fieberten mit den Jungs dort unten mit. Das Publikum hatte sich locker um den Platz verteilt. Hier und dort standen ein paar einzelne Männer, die dem Geschehen gebannt folgten, während kleinere Cliquen hörbar diskutierten und ihre Jungs von den Zuschauerrängen her mit eifrigen Zurufen unterstützten. Ab und zu wehte der Wind einzelne Gesprächsfetzen zu uns herüber. Mitten in diese aufgeheizte Stimmung drang urplötzlich eine extrem laute Stimme an mein Ohr

Mein Großvater, rechts neben mir, ließ seine Stimme über die gesamte Spielfläche schallen ... Ich stand zwischen zwei Generationen, d.h. meinem Vater auf der einen und meinem Großvater gleicher Linie auf der anderen Seite im abgegrenzten Zuschauerbereich. Von Tribüne geschweige Stadion konnte man wahrlich nicht sprechen. Zu jener Zeit handelte es sich um einen gewöhnlichen Bolzplatz mit notdürftig begrünter Rasenfläche. Die Besucher standen auf platt gepresstem Kitt-Boden. Als Begrenzung dienten niedrige Eisen-Pfähle, welche mit Ketten verbunden waren und den gemeinen Zuschauer vom hochdotierten Akteur auf dem eigentlichen Platz des Geschehens trennte. (Diesen Stangen sei Dank ... sie haben „Schlimmes" verhindert)

„Du Schweinehund Du ..." brüllte er in Richtung Schiedsrichter. Opa war schlichtweg „aus dem Häuschen". Ich kannte ihn eher als den Mann der leiseren Töne, nun zeigte er sich vollkommen anders. Wie eine Marionette zappelnd, traktierte er die Luft mit kräftigen Tritten. Glücklicherweise standen die anderen Zuschauer vor uns so weit entfernt, dass sie nach Opas Aktionen nicht „Wade" hatten ... Während meine Väter über die Qualitäten des Schiedsrichters diskutierten, schaute ich fasziniert dem Lauf des Balles zu. Wild fuchtelte Opa mit den Händen in der Luft. Ein eher kleiner Mann mit hageren Gesichtszügen, und spärlichem, ehemals blondem Haupthaar zeigte vollen Körpereinsatz. Ruckartig schossen seine geballten Fäuste hervor. Sollte der Schiedsrichter ein vernichtendes Fehlurteil gefällt haben? Im Nachhinein muss ich jedes mal schmunzeln, wenn ich die Szene mit dem alten Herrn vor Augen habe.

Mein Großvater schien zum Äußersten bereit; denn offenbar war er mit dem Urteil des Schiedsrichters absolut nicht einverstanden. Es fehlte nicht viel und Opa hätte den „Schiri" höchstpersönlich zum Duell gefordert, so wütend war er. Zum Glück trennte uns die Eisenkette vom verheerenden Fehlurteil des Schiedsmannes ...

Carport Abnahme - gründlich

Frühmorgens werkelte ich in der Küche, als ich einen langen Schatten bemerkte. Und war sprachlos.

Ein hagerer Mann von beachtlicher Körpergröße, mit zwei großen dürren Windhunden im Schlepptau, näherte sich auf unserer langen Auffahrt und blieb andächtig vor dem neuen Carport, direkt vor dem Küchenfenster, stehen. Uns trennte nur die Außenmauer des Hauses. Leider war die Auffahrt weder von einem Zaun noch Tor von der schmalen Straße abgegrenzt. Jetzt bedauerte ich diesen Umstand. Den Mann hatte ich zuvor noch nie gesehen. Allein durch die beiden Hunde wäre er mir bestimmt aufgefallen. Seelenruhig begutachtete er unseren Neuerwerb, während die beiden Vierbeiner brav an der Leine ausharrten.

Entschlossen legte der Fremde Hand an den Pfosten und rüttelte an demselben. Wollte er unser Carport auf Standfestigkeit überprüfen? Es sah fast so aus. Ich beschloss, mich bemerkbar zu machen und zog das Rollo mehrmals rauf und runter. Ungerührt haftete sein Blick auf der Konstruktion. Ob er es wagte, einen Schritt weiter zu gehen? Er bemerkte nicht einmal, dass ich hinter dem blitzblanken

Küchenfenster stand und ihn beobachtete. Einzig seine vierbeinigen Begleiter nahmen mich wahr. Beide drehten sich wie auf Kommando sofort in meine Richtung, als ich gerade am Rollo zog. Wie in Stein gemeißelt standen sie Seite an Seite auf der Stelle und blickten mich mit ihren schmalen Köpfen ungerührt an. Nicht einmal das bemerkte der Fremde, so war er in den Anblick unseres Carports vertieft. Felsenfest verharrte er auf der Stelle. Guckte und guckte, zog dann nach einer gefühlten Viertelstunde zufrieden ab.

Sehr schade, dachte ich im Nachhinein, ein wenig unleidlich über meine verpasste Chance, ihn um seine fachmännische Meinung zu bitten.

Außerdem plagten mich heftige Gewissensbisse: Ich hätte ihn noch fragen müssen, was ich ihm für seine gewissenhafte Abnahme schuldig bin …

Ein Geschenk für den Herrn ohne Alter

Ich verspürte ich Lust auf „Stadt-Luft". Außerdem stand der Geburtstag des Gatten bald bevor, daher wollte ich einen ausgedehnten Bummel mit einem Geschenke-Kauf verbinden. In der neu erbauten Arkade unserer Altstadt waren ein paar Boutiquen eröffnet worden. Gut gelaunt lenkte ich meine ersten Schritte geradewegs dorthin, als ich magisch von einer neuen Herren-Boutique angezogen wurde. Diese bot spezielle Herren-Artikel an, die in verschiedenen Gruppen kunstvoll dekoriert worden waren. Das Angebot war enorm. Es handelte sich um Edel-Dessous für die Herrenwelt. Die Präsentation knappster Herren-Slips in schrillen Neonfarben zog meine Blicke automatisch an. In schrillem Zitronengelb, einem wollüstigen Violett und kräftigem Orange. Als Hingucker wiesen diese einen dicken schwarzen Lack-Reißverschluss in der Mitte des Höschens auf. „Zum Gatten würde das Orange gut passen", grinste ich in mich hinein, während ich mir meinen leicht rund-schlanken Ehemann in dieser Aufmachung vorstellte. Diese Artikel schossen mich ungewollt ins Lachen. Gerade wollte ich mich von den pikanten Teilchen abwenden, als mein Blick auf ein knackiges, kleines schwarzes Satin-Höschen mit Netzeinsatz fiel. Das war auch nicht zu verachten ... schwarz passt immer ... So sehr in das Angebot versunken, hatte ich den älteren Herrn, der plötzlich hinter mir stand, nicht wahrgenommen. Er zeigte auf den nicht zu übersehenden Blickfang ganz vorn im

Schaufenster. „Das wäre einer für mich", feixte er und blinzelte mir im Weitergehen zu. Der Mann deutete auf einen dezent blau-weiß gestreiften Body für den Herrn im Stile der 20iger Jahre. Ich rang mit meiner Fassung.

Beim Anblick der Dessous schoss mir wie aus heiterem Himmel ein Artikel durch den Kopf, auf den ich vor einiger Zeit in der Zeitung aufmerksam wurde. „Karl-Heinz"... Er war schlicht mit dem männlichen Vornamen übertitelt und machte mich neugierig. Es handelte sich um eine Umfrage. Laut der Untersuchung eines bekannten Meinungs-Forschungs-Instituts trug die Mehrheit der Männer keine Dessous, sondern Unterwäsche.

Marke „Karl-Heinz".

Diese ist eine klassische Unterhose aus weißer, fein gerippter Baumwolle mit Eingriff. „Und was tragen wir Frauen?" fragte ich mich. Eine Erkenntnis gab mir im selben Moment die Antwort: „Marke Elvira"... Ebenfalls schlichte weiße Baumwolle ohne „Schnörkel und Tamtam". Passend zu „Karl-Heinz" ", ergänzte ich halblaut. Vorbei flanierende Passanten wunderten sich ob meiner Heiterkeit. Ich erntete manches freundliche Lächeln. Tief durchatmend betrat ich das kleine Geschäft. Ein kompetenter, sehr freundlicher Modeberater ahnte meinen geheimsten Wunsch. Mit einem Mini-Päckchen, geschmackvoll verpackt, verließ ich die Boutique eine halbe Stunde später beschwingten Schrittes. Hauptsache, der Gatte freute sich über den Gag …

Mann am Steuer

Ein Mann hinterm Steuer
mancher Dame ist` s nicht geheuer
sein Gebaren beim Fahren:
drohen in beider Leben erhebliche
Gefahren?

Kraftvoll lässt er den Motor erbeben
knapp vor dem Abheben
heftig wird sie in den Sitz gepresst
wirkt dabei enorm gestresst
ein absoluter Härtetest.

Reines Imponiergehabe
ist oftmals Herrengabe
panisch greift sie sich ans Herz
ist das ein übler Scherz?
hat er sich aufgeputscht
und manche Frohsinns-Pille gelutscht?
Er mutiert dabei zum Tier

der Verkehr allein ist sein Revier
gnadenlos peitscht er die Gänge ohne Ende
rast die Bahn mit 200 km/h entlang
behände.

Bang denkt sie ihr letztes Stündlein
hat geschlagen
darf ich wohl wagen, um Temporeduzierung
anzufragen
er will sich an Geschwindigkeit berauschen
doch nicht der Gattin Bitte lauschen.
Sie fleht: Mein lieber Mann, bitte runter
vom Gas
Du bist bereits ganz blass,
zu vermeiden ist ein Kollaps.

Sie erleidet Höllenqualen
dabei will er nur noch rasch erstehen
- im Ausverkauf ...
verflucht, jetzt ist es weg,
das letzte Paar Bequem-Sandalen ..

Vorbildlich

„Das haben wir gleich. Warten Sie doch", hörte ich eine männliche Stimme mit einem Hauch von Verzweiflung rufen. Ich löste meine Blicke vom Schaufenster und blickte gespannt auf das Geschehen vor mir.

Eine Dame zwischen 75 und 80 lenkte ihren Rollator auf die nahe gelegene Apotheke in unserer Altstadt zu, während ein Mann in den Dreißigern mit großen Schritten auf sie zustrebte. „Kommen Sie, ich helfe Ihnen. Kann ich Ihnen die Taschen abnehmen?" sprach er freundlich. Noch bevor sich die Frau äußern konnte, hatte er danach gegriffen. Bestimmt parkte er den Rollator am Treppenaufgang. Kurz entschlossen streckte er die Hand aus, um der Fremden bei den drei Stufen zum Apothekeneingang behilflich zu sein. „Gleich haben wir es geschafft", ermunterte er sie lächelnd.

„Junger Mann, Sie haben anscheinend etwas missverstanden, ich möchte nicht in die Apotheke", äußerte sie sehr deutlich. Einen Moment lang schien er ratlos. Belustigt beobachtete ich das Szenario. „Ich gehe weiter... ins .... Bistro Da Luca ... dort bin ich mit meinem Enkel verabredet und werde mir ein herrliches Bierchen zischen", kicherte sie und übernahm wieder die Lenkung über ihre Gehhilfe. „Trotzdem junger Mann, danke, vielen Dank. Sehr nett von Ihnen. So ein Verhalten gibt es heutzutage fast gar nicht mehr", äußerte sie erheitert und schob ihren Rollator zielstrebig Richtung Bistro ...

Ein echtes Topmodel ...

Entschlossen steuerte ich meine Bett-Hälfte an, erklomm diese zügig und rückte das Kissen im Rücken zurecht. Nun war ich gemütlich. Da wir beide gern für alle Eventualitäten gewappnet sind, fingen wir frühzeitig damit an. Uns war vollkommen bewusst, dass die Vorbereitungen nicht in einer Viertelstunde erledigt waren. Ich schenkte dem Gatten auffordernde Blicke.

„Hab mir folgendes überlegt: Ich probiere, was noch passt und Du stellst davon die passenden Kombinationen zusammen", meinte mein praktisch veranlagter Lebenskamerad. Eine erstmalige Dienstreise für seinen neuen Arbeitgeber, die er natürlich glanzvoll meistern wollte, stand in allernächster Zukunft an. Der Gatte bat mich um Garderoben-technische Beratung, Die Zusammenstellung diverser Outfits, egal für welches Geschlecht, Alter und Anlass bereiteten mir überhaupt keine Probleme. In der Vergangenheit bin ich einige Male angesprochen worden, ob ich in der Modebranche tätig sei. Diese Vermutung empfand ich als Kompliment und freute mich sehr darüber. Zwischen meinem Beruf und der Modebranche lagen Welten: Ich übte eine sehr schlichte Verwaltungstätigkeit aus und war von Kreativität - auch nur ansatzweise - meilenweit entfernt.

Belustigt folgte ich der allmählichen Umschichtung: An den Schranktüren baumelte fast das gesamte Sortiment von Hosen, Hemden und diversen Sakkos. Amüsiert schaute ich dem Gatten zu, wie dieser von einer in die nächste Hose sprang und seine verdächtig rund-schlanken Formen in verschiedene Sakkos presste. Nach seinem jeweiligen „Umzug" baute er sich vor dem Ganzkörperspiegel in der Schranktür auf. Kritisch betrachtete er sich und fuhr dabei durch sein noch verbliebenes aschblondes Haupthaar. „Selbst vor dem Spiegel habt Ihr Männer einen ganz anderen Auftritt", dozierte ich und beäugte meinen Lebensgefährten erheitert.

Tatsächlich bewegen sich meine Geschlechtsgenossinnen vor dem Spiegel komplett anders als Männer bei der Betrachtung eines (neuen) Outfits. Diese Vergleiche vor Augen erheiterten mich enorm. Inzwischen türmten sich auf der Kommode meine Vorschläge in Bezug auf Oberhemden und Krawatten. Nach einer geschlagenen Stunde hatten wir die offizielle Garderobe zusammengestellt. Wir präferierten drei mögliche Kombinationen. Der große Auftritt des Gatten sollte zumindest Garderoben-mäßig gelingen. Nun

musste auch der Freizeitbereich Kleidungs-
technisch abgedeckt werden.

„Du bist aber mutig". Meine Blicke pendel-
ten vom Garderobensortiment zu dem kleinen
Wochenend-Koffer, welchen er in weiser Vor-
aussicht neben seinem Bett abgestellt hatte.
„Jetzt fehlen nur noch diverse Jacken ... der
dunkelblaue Wildlederblouson passt zur
schwarzen und blauen Jeans, für die dunkel-
graue Jeans ... was meinst Du? wäre der co-
gnacfarbene Blouson nicht schlecht ... ach und
eine Steppjacke für alle Fälle ..." meinte der
Gatte fachmännisch. „Sollte es regnen, packe
ich vorsichtshalber noch den Trenchcoat
ein ..."

„Eine Nummer größer wäre nicht
schlecht...". „Gut, dann nehme ich das komplette Kofferset", erwiderte er humorvoll. (dieses bestand aus drei Koffern verschiedener
Größen)

PS.: Der Gatte brach zu keiner mehrmonati-
gen Dienstreise auf. Er nahm lediglich an einer
zweitägigen Wochenend-Veranstaltung seines
neuen Arbeitgebers teil ...

Bescheidener Wunsch

Die feierliche Adventszeit und die Weihnachtsfeiertage standen bevor. Traditionell begingen wir diese sehr festlich. Daher erwartete mich eine wichtige Aufgabe. In Ruhe begab ich mich in den Keller, um in den Schränken nach der gesamten Dekoration zu schauen. Ich hatte die Qual der Wahl. Die vielen Dekorationen, die sich im Laufe der Jahre angesammelt hatten, waren mir ans Herz gewachsen. Feine weiße Keramikengel saßen in verschiedenen Variationen im Schrank neben Einzelstücken von Nikoläusen, die ich in der einen oder anderen edlen Boutique erstanden hatte, und warteten auf ihren Einsatz. Üppige Weihnachtsgestecke fristeten ihr Dasein das Jahr über neben einer Reihe limitierter Porzellankugeln. Sie waren Geschenke des Gatten. Liebevoll glitt mein Blick über die edlen Glasglocken. Auf jeder der sieben Glocken war ein feiner, goldener Engel mit einem Musikinstrument zu sehen. Die Original Seiffener Kirche in hellem Gelb mit den kleinen Kurrende-Figuren und dem Hand-gedrechselten Schwibbogen durfte ich nicht vergessen, ebenso die Heilige Familie. Alle Figuren waren in verschiedenen Brauntönen Hand-getöpfert. Wir hatten sie vor Jahren an einem Weihnachtsstand mit exklusiven handgearbeiteten Stücken erstanden. Auf dem Sideboard bildeten sie zur festlichen Zeit den Mittelpunkt im Esszimmer.

„Und, mein Schatz, hast Du schon einen Wunsch?" Der Gatte bog um die Ecke, als ich vor den großen Figuren auf dem Fußboden kniete. Ein Schneemann mit einer antiken schmiedeeisernen Laterne stand neben einer handgearbeiteten Tanne, bedeckt mit reichlich Schnee, flankiert von einem großen holzge-schnitzten Nikolaus. Ich betrachtete in aller Ruhe meine sämtlichen weihnachtlichen De-korationen ... und urplötzlich hatte ich eine Eingebung. Dem Gatten sei Dank. Damit konnte ich einen glühenden Wunsch direkt „an den Mann" bringen. „Ja, ich hätte schon einen Wunsch ... nur eine Kleinigkeit" schmeichelte ich und schaute ihn zärtlich an. „O.K. dann lass` mal hören" forderte er mich grinsend auf. Gedankenverloren strich ich dem großen wei-ßen Keramikengel, auch ein Präsent des Gat-ten, über den Kopf. Er war ca. 60 cm groß und unter seinem langen weißen Gewand schaute ein nacktes Füßchen hervor. Es war Liebe auf den ersten Blick, als ich ihn zum ersten Mal in einer Boutique gesehen hatte. In den Händen hielt er eine goldene Schale in Sternform. Er schien innig zu singen. Jedes Jahr zierte er die große Stufe in der Wendung unseres Trep-penaufgangs. Passend zur Dekoration im

Haus legte ich kleine Kugeln oder Tannenzapfen in die Schale. „Und ?..."

„Nur ein Loft, mein Schatz ... damit könntest Du mir eine Riesenfreude machen" erklärte ich sanft, zu ihm aufschauend. Der Gatte war sprachlos. Ein äußerst seltener Zustand. Seine Kinnlade klappte herunter. „Ein Zweitwohnsitz wäre ideal", nutzte ich seine Irritation und ergänzte ich im Brustton der Überzeugung. „ Warum das denn? hakte er nach. „Für die vielen schönen Dekorationen haben wir im Haus zu wenig Platz. Ich finde es sehr schade, den einen oder anderen schönen Weihnachtsschmuck das Jahr über im Keller vor sich hin dümpeln zu lassen. Wenn wir ein Loft haben, könnten wir alle Dekorationen aufbauen und uns zur festlichen Zeit einmal im Jahr an allen erfreuen ...

Jedoch überkam mich ein Hauch schlechten Gewissens. Unverschämt wollte ich auf gar keinen Fall erscheinen, deshalb schränkte ich meinen Wunsch rasch ein.

Um das Budget des Gatten nicht über Gebühr zu belasten, bot ich ihm einen „Deal" an: „Wenn Dir ein Loft als Weihnachtsgeschenk zu teuer erscheint, leg` es einfach mit meinem Geschenk für den Geburtstag zusammen ..."

Schmerzgrenzen

Jeder Mensch hat individuellen Grenzen, die über sein Handeln bestimmen. Der Gatte prägte einst einen sehr präzisen Begriff für diese Umstände: die Schmerzgrenze.

Besonders beim heiklen Thema Gesundheit greifen diese im wahrsten Sinne. Selbst bei der (Lebens)wichtigen Entscheidung einen Arzt aufzusuchen, ist diese Grenze bei verschiedenen Personen sehr unterschiedlich ausgeprägt.

Spontan kommen mir bei diesem Thema zwei Pracht-Exemplare der Gattung „Mann" in den Sinn. Der Gatte auf der einen und der Bekannte einer meiner damaligen Schulfreundinnen auf der anderen Seite. (beide Herren schienen mir in akuter Krisen-Stimmung ...) Selten habe ich krassere Gegensätze erlebt. Gern ziehe ich diese beiden Superhelden heran, um mich dem Verhalten beim Thema Gesundheit ausführlich zu widmen. Der Gatte glaubte, seine Firma würde in den Ruin stürzen, wäre er nur einen Tag abwesend. Selbst hohes Fieber ignorierte er vollkommen. Er kaufte fast das ganze Sortiment der Apotheke auf und begab sich mit einer vollgestopften

Tüte von Salben, Tropfen, Säften und Tabletten zu seinem 10-Stunden-Tag ins Büro. Er schien unersetzlich. Weit und breit war kein Kollege in Sicht, der ihn für die Zeit seiner krankheitsbedingten Abwesenheit zu seiner vollsten Zufriedenheit hätte vertreten können ...

... während der Bekannte meiner Freundin in Bezug auf gesundheitliche Belange ganz das Gegenteil vertrat. Probleme zeigten sich bereits bei einem angedachten Spaziergang bei diffuser Wetterlage. „Meine Wetter-Station zeigt schon einen Regentropfen". Eine Mahnung schwang deutlich in seiner Stimme mit, wenn sie ihn zu einem Gang animieren wollte. In der Neuzeit gab es natürlich keine wetterfeste Bekleidung geschweige denn Regenschirme. Wahrscheinlich sah er sich seinem Siechtum nicht nur preisgegeben, nein, geradezu erlegen. „Im schlimmsten Falle tut es auch der Notruf", tröstete ich sie, als sie mir von seinen Unbilden berichtete. Helle Empörung schwang in ihrer Stimme mit: „Nicht einmal „frische Luft schnuppern" bei einem kurzen Gang ist drin. Dabei will ich ihn doch nicht tosenden Wetterunbilden aussetzen und bei lokalem Unwetter mit Starkregen, Hagel, Sturm, Tornado, Blitz und Donner zu einer stundenlangen Wanderung an die frische Luft zerren ..."

(S)einen allerletzten Wunsch konnte sie ihm leider nicht erfüllen, sollte es zum Äußersten kommen: Die Notruf-Nummer seines Gemeinde-Pfarrers war ihr bis dato nicht geläufig ...

Man(n) trägt lang

„So ein Zufall ..." dachte Edelgard, als sie vor die Haustür trat und ihre Nachbarin bemerkte. Mathilde war ebenfalls festlich, „In lang", gekleidet. Diese kämpfte, die Robe mit einer Hand zusammenraffend, mit den drei Stufen vor der Haustür. Vorsichtig tastete sie sich hinunter auf den gepflasterten Gehweg vor dem Haus. Edelgard stand auf dem Podest vor ihrer Haustür und wartete auf Henry, der das Auto aus der Garage holte. Die beiden begeisterten Theaterbesucher freuten sich auf die Premiere eines neuen Theaterstückes im Stadttheater. Skeptisch schaute sie an ihrem bodenlangen, eleganten Kleid hinunter und warf einen verzagten Blick in den wolkenverhangenen grauen Himmel. Unwillkürlich zog sie den Mantel, ein wenig fröstelnd, fester um sich. Mathilde, die Nachbarin, lachte spontan, als ihr Blick auf Edelgards festliches Abendkleid fiel. „Ein netter Zufall! Ihr auch in Sachen „Feierlichkeit" unterwegs?" Edelgard nickte. Nachbar Werner erschien in elegantem Smoking mit Schleife hinter seiner Frau.

„Also heute alle in lang!" resümierte Edelgard grinsend im Hinblick auf die festlichen, langen Abendroben, als alle vier rein zufällig in ihren Vorgärten aufeinander trafen. Henry, ebenfalls im dunklen Anzug, ging kurz ins Haus zurück, da er das Opernglas vergessen hatte.

Werner nickte bekräftigend und äußerte mit ernsthaftem Gesichtsausdruck: „Ja, ich habe heute auch eine lange Unterhose an, es ist ziemlich frisch ... "

Schuhe Schuhe Schuhe …

Schuhe braucht sie von weitem nur zu wittern
aufgeregt beginnt sie zu zittern
opulente Vielfalt lässt sie erbeben
tief eingetaucht will sie die ganze Welt
der Schuhe erleben.

Die Auswahl ist famos
auch die Beratung grandios
daran will sie sich berauschen
verzückt den Worten der
Verkaufskraft lauschen.
Vor Freude beginnt ihr Herz zu hüpfen
schnell möchte sie in die Exemplare
ihrer Begierde schlüpfen.

Die Ernüchterung erfolgt sodann komplett
als sie stolpert – über das Preisetikett
statt der sündhaft teuren Sandaletten seufzt sie:
 ich hab` doch schon so viele
wichtiger wäre ein neuer Bügelautomat
der Firma Mi …

Die Vernunft gewinnt die Oberhand

es obsiegt ihr klarer Verstand

stattdessen kauft sie – clever – zwei

Sommer(Daunen)betten

um ihre und des Gatten Nachtruhe

vollends zu retten.

Pfiffiges Frauenzimmer

„Pfff", „ich stoße einen kurzen Pfiff aus und der wirkt! Sollst mal sehen. Er kommt dann „an gewackelt", wenn auch nicht in Sekundenschnelle; aber er kommt auf jeden Fall".

Meine Freundin, die mir gegenüber saß, ahmte trefflich die Gestik ihrer Schwiegermutter nach. Durch unsere jahrzehntelange Freundschaft lernte ich bei Tinas Hochzeit auch deren Schwiegereltern kennen. „Sind Deine Schwiegereltern auf den Hund gekommen?" mutmaßte ich. „Ach was, Schwiegermutter pfeift Schwiegervater im Baumarkt hinterher und ..." „wie bitte?" Ich glaubte, mich verhört zu haben.

„Ja ernsthaft", betonte Tina. „Durch einen Zufall hat sie mir davon erzählt. Ich glaube, es ging um Einkäufe. „Ich setze August Carl Hubert im Baumarkt ab, während ich in den Lebensmittelmarkt gehe. Nebenbei gesagt, das ist mir ganz recht, weil er mir sonst zu sehr in meinen Einkauf eingreift". Sie machte eine kurze Pause „Und im Einkaufswagen alles umsortiert, was ich gekauft habe oder schlimmstenfalls alles zurückstellt und neues auswählt. „Kann ich in gewisser Weise sogar verstehen, sie hat fast ihr ganzes Leben lang die Einkäufe allein erledigt". „Tina, so wie ich Deine Schwiegermutter einschätze, hat sie alles (dabei meinte ich auch ihren Gatten, blieb aber stumm) im Griff". Tina nickte und lachte.

„Wenn ich meine Käufe erledigt habe, gehe ich rüber zum Baumarkt und muss ihn wieder einfangen". „Männer und ihr „Spielplatz", grinste ich. „Rangiert der noch vor oder nach dem Fußballplatz?" Sie zuckte die Schultern und blieb mir eine Antwort schuldig. Wahrscheinlich hielt es sich die Waage. „Und da ihr spezieller Baumarkt so groß ist, muss sie Maßnahmen ergreifen". Das leuchtete ein. „Wieso ruft sie ihn nicht einfach?" „Habe ich sie auch gefragt". „Wenn ich August Carl Hubert rufe, ist ja schon eine Stunde vergangen", lachte sie. „Er kennt unser „Geheimzeichen": den kurzen, markanten Pfiff", fuhr X fort „nochmals machte sie mir diesen vor" „und der wirkt", grinste meine Schwiegermutter". Diese hatte ich lebhaft vor Augen: eine rundliche Frau mittlerer Größe und festem Auftritt (dank ihrer Bequem-Schuhe mit Gummikeilsohlen). Ihr verblichenes, leicht gewelltes Haar trug sie militärisch kurz. Ihre Brille, angekettet, schien dem vorigen Jahrhundert zu entstammen. Was soll`s, Hauptsache, sie konnte mit den riesigen, blaugetönten Gläsern und dem schweren güldenen Gestell noch gut sehen. Zum Pfeifen brauchte sie keine Lesehilfe …

Das „wecke" Schnitzel

„Uff, ist das üppig, ein Stückchen davon hätte auch gereicht" stöhnte meine Mutter leise und deutete auf ihr Fleisch. „Schaffst Du Deine Portion?" fragte sie mich erstaunt. Ich nickte. Auf Wunsch von Antonia verbrachten wir drei einen netten „Mädels-Abend" im Hotel X., bekannt für gediegenes Ambiente und ausgesprochen gute Küche. Omi Rutila und ich hatten uns für Wildschwein-Rücken-Schnitzel in Haselnusspanade mit Rosenkohl, Kartoffelplätzchen und Pfeffersauce entschieden. Wir liebten Wildgerichte. Antonia ließ sich die Entenbrust in Orangensauce, Herzogin-Kartoffeln und Brokkoli-Röschen in Mandelbutter schmecken. Anschließend verdrückte sie sich noch einen kleinen Fruchtcocktail mit Eis, denn sie liebte Desserts. Rutila schienen die zwei größeren Schnitzel eindeutig zu viel. „Ich nehme es mit, das lasse ich doch nicht zurückgehen", entschied sie mit fester Stimme nach ihrem einsamen Kampf mit dem reichhaltigen Menü. „Nina, hast Du eventuell eine Tüte dabei?" „Selbstverständlich". Aus der Tiefe meiner Handtasche zauberte ich meine schwarze Seitentüte hervor, die ich ihr reichte. Ich hatte mir angewöhnt, alle meine Handtaschen mit hauchfeinen Tüten als „Täschchen für alle Fälle" auszustatten. „Omi, Du kannst meine Serviette haben", kicherte Antonia, die dem Vorhaben ihrer Großmutter aufmerksam zusah, „ich habe sie nicht benutzt". Flugs wickelte Rutila ihr übriges Wildschwein-Schnitzel in die Serviette und anschließend in die leere Plastikhülle der Tempotücher. Diese steckte sie lose in die Seitentasche ihrer Umhängetasche. „Falten musst Du das Schnitzel nicht", dabei kugelte sich Antonia vor Lachen, als sie die Mini-Tüte für Rutilas Vorhaben entdeckte. Sicherheitshalber wickelte Rutila die kleine Plastiktüte samt Fleisch zudem noch in ihr handgemaltes Seidentuch. Antonia und ich grinsten uns an. „Ist doch viel zu schade zum Zurückgehen lassen", dozierte meine Mutter eifrig. „Dann spare ich morgen das Kochen. Ich wärme das Fleisch, koche mir höchstens ein paar Kartoffeln oder ich esse eine Scheibe Brot dazu und etwas von meinem Rote-Beete-Salat. Schon habe ich wieder eine preiswerte und nahrhafte Mahlzeit", freute sie sich über ihre Idee und strahlte uns an. „Warum eigentlich nicht, wir bezahlen ja auch für das Essen", meinte ich, Rutila nickte zustimmend.

Gesättigt und sehr zufrieden begaben wir uns auf die Heimfahrt. „Sagt mal, wo ist mein Mittagessen?" erkundigte sich meine Mutter urplötzlich. Antonia und Omi suchten fieberhaft, während ich mich auf den Verkehr konzentrierte. „Nina, ich finde mein Schnitzel nicht", lamentierte Rutila. „Tonilein, mein Kind", wandte sich Rutila leicht grinsend zur im Fond sitzenden Enkelin, „Sitzt Du vielleicht auf meinem Mittagessen?" Kaum ausgesprochen, war es um meine Fassung geschehen. Laut los lachend konnte ich meine Gedanken kaum in Worte fassen, krampfhaft bemüht, mein Auto in der Spur zu halten. Wahrscheinlich entfaltete nun auch mein einziges, kleines Pils, welches ich mir zum Menü gegönnt hatte, seine Wirkung. „Ich halte es nicht aus", prustete ich zwischen zwei Lachanfällen mühsam heraus und verschluckte mich fast: „Omi und ihr „weckes Schnitzel". Auch um Antonia und Rutila war es geschehen. Meine Mutter jauchzte los und Antonia kicherte erheitert mit. „Ich suche eine Parkbucht, dort können wir dann in Ruhe das Auto „auseinanderbauen". Entschlossen fuhr ich, fast schon in der Nähe von Rutilas Anwesen, knapp an eine Böschung am Rande einer Baumallee heran. Im Schein sämtlicher Lichtquellen suchten wir drei vergeblich im gesamten Auto nach Omis Essen, eine Seidentüte war nicht auszumachen. „Mein schönes Seidentuch", jammerte Rutila. Sie war besonders stolz auf das Unikat, das sie selbst entworfen und bemalt hatte. „Lasst uns nochmals zurückfahren", entschied ich, wendete ohne langes Überlegen und steuerte das Hotel erneut an. Antonia blieb im Auto, während Rutila und ich in unserer Tischecke nach dem Tuch Ausschau hielten. Die hinzueilende Serviererin konnte uns nicht weiter helfen. „Vielleicht hat jemand die Tasche an der Rezeption abgegeben", überlegte sie und bat uns, ihr zu folgen. Leider Fehlanzeige. Rutilas Essen blieb verschwunden. Der hilfsbereite junge Angestellte am Empfang notierte sich Rutilas Nummer, um sie im Falle des Wiederauffindens benachrichtigen zu können. Entmutigt steuerten wir den Parkplatz an. „Mein schönes Tuch" jammerte Rutila eins ums andere Mal. Fast wäre ich über etwas dunkles, Häufchen-artiges knapp neben meiner Autor-Tür, gestolpert. Einsam und verlassen lag sie da. Die schwarze Seidentüte mit Omis handgemaltem Tuch und ihrem restlichen Wildgericht. Sie war in der fortgeschrittenen Dämmerung kaum von dem dunkelgrauen Pflaster des Parkplatzes zu unterscheiden.

„Tonilein, mein Schnitzel hat sich wiedergefunden!" wandte sie sich lachend an ihre Enkelin. „Und das Mittagessen morgen ist gerettet". Rutila war sichtlich erleichtert. Meine Tochter grinste mich an und rollte leicht mit den Augen. Manchmal können auch geringfügige Kleinigkeiten wahre Lachsalven auslösen. Omi sei Dank. Ihr „weckes Schnitzel" bescherte uns eine äußerst heitere Heimfahrt.

Uli hat`s eilig

Mittwochabend, 20.00 Uhr, Tanzschule Ludwig

Der Gatte und ich frönten unserem Lieblings-Hobby, dem Tanzen.

Nach und nach trudelten unsere Mittanzenden ein und rege tauschten wir die neuesten Neuigkeiten der letzten Tage aus. Manch` witzige Episode machte die Runde und nicht selten schlugen Wellen der Heiterkeit hoch. „Wer stört?" Martin, ein Mittänzer älteren Jahrgangs, entfleuchten diese Worte spontan, als Dennis uns zum Tanz auf das blanke Parkett bat. Grinsende Mienen und nickende Köpfe gaben Martin Recht. Er hatte die Ansicht aller auf den Punkt gebracht. Wir waren so in unsere Erzählungen vertieft, dass die Aufforderung unseres Tanzlehrers äußerst ungelegen kam ...

Da viele Paare bereits seit einigen Jahren im angegliederten Club tanzten, kannte man sich. Kaum hatten wir uns begrüßt, war in Nullkommanichts eine weitreichende Unterhaltung entbrannt. Der Gesprächsstoff ging nie aus. „Also komm, wir müssen", betonte Klaus und erhob sich als erster. Er schob seinen Stuhl energisch zurück und bedeutete seiner Frau unmissverständlich, es ihm gleichzutun.

Nach und nach erhoben wir uns. Nach dem üblichen „Ein-tanzen" zu dem Dennis verschiedene CDs auflegte, verteilten sich 20 Paare im großen Oval und lauschten den Ausführungen von Dennis. Für den heutigen Abend hatte er eine neue Cha Cha Cha - Folge choreographiert, die er und Marlene, seine Frau, ebenfalls Tanzlehrerin, zu Beginn als komplette Folge vorstellten. Dann zerlegte er die neue Folge in Einzelteile. Einige Schrittfolgen übten wir „trocken", d. h., ohne Musikuntermalung. Dennis und Marlene kreisten in der Runde und gaben Hilfestellung.Dann wurde es (bitter)ernst ...

Sämtlich Paare bauten sich in Tanzhaltung auf und warteten auf Musik und das rituelle Einzählen unseres Tanzlehrers. Gemurmelte Unterhaltung hier und da flachte ab. Nicht der Hauch einer Bewegung zerschnitt die totale Ruhe, statuenhaft verharrten die Tanzenden. Stille senkte sich über den gesamten Saal. Aus dem Augenwinkel bemerkte ich, wie sich Heidrun, der weibliche Teil unserer „Kleinsten", zwei Paare weiter in Tanzrichtung, urplötzlich aus der Tanzhaltung löste. Heidrun und der Gatte waren beide ungefähr 1.65m groß und leicht rund-schlank. Demonstrativ trat Heidrun einen Schritt zurück, während sie ihrem Mann einen ärgerlichen Blick zuwarf: „Mensch Uli, warum fängst Du immer ohne mich an?" während der ganze Saal laut auflachte ...

Krampfhaft habe ich darüber nachgedacht, warum Hans-Ulrich die ersten zwei ein halb Takte allein getanzt hat ...

An eine anschließende, alles entscheidende sportliche „live"-Veranstaltung, die er auf keinen Fall verpassen wollte, konnte ich mich beim besten Willen nicht erinnern. (Zu jener Zeit wurden weder eine EM noch WM noch Olympische Spiele ausgetragen ...)

Herrenwelt ...

Xenia und ich hatten uns für eine Pause in der kleinen Kaffee-Nische der feinen Süßwarenboutique unserer Altstadt niedergelassen. In der Sitzecke, ausgestattet mit drei zierlichen Tischchen und jeweils zwei Stühlen, herrschte „Stimmung". Auf den hellroten Polstern aus Leder-Imitat flegelte sich eine äußerst frohe Männer-Zusammenkunft des späteren Mittelalters. Der Gang davor war inzwischen blockiert, weil die Männer johlend auf den Stühlen hin und her rutschten und die restliche Bestuhlung durch übermütiges Hampeln kreuz und quer in den Gang geschoben wurde, während sich die Jacke des umtriebigen Haupt-Redners verselbständigte und auf den Boden wälzte. Achtlos hingen die Parkas der anderen Männer über der Lehne. Der Anorak eines Zuhörers diente als Rückenpolster und zerknautschte allmählich. Xenia und ich setzten uns an den Tisch vor einem breiten Pfeiler. Hinter diesem befand sich ein weiterer Gang vor der gläsernen Verkaufs-Theke.

Die Laufkundschaft bestand aus einer alten Dame, die sich offensichtlich nicht zwischen verschiedenen Kaffeesorten entscheiden konnte. Eine der netten Verkäuferinnen beantwortete geduldig ihre Fragen. Dann entschied sich die Kundin für eine Runde durch den Laden und stützte sich dabei auf ihren Gehwagen. Nachdem sie eingekauft hatte, bestückte sie diesen mit einigen Artikeln. Unter erheblichen Mühen wendete sie ihn vor der engen Kassen-Zone und begab sich leise stöhnend in Richtung Ausgang. Aufmerksam verfolgte ich einerseits ihr Tun, zum anderen blickte ich in die enorm erheiterte Herrenrunde. Ungerührt parlierten die Männer, während sie sich hin und her wanden, als wähnten sie sich auf dem heimischen Sofa. Sie realisierten die Situation in keinster Weise, nicht einer von ihnen … Xenia warf mir vielsagende Blicke zu. Gespannt verfolgte ich das Geschehen. In der Annahme, dass sich einer der Gentleman erhob, um der Kundin zu helfen. Vergeblich. Die alte Dame kämpfte verzweifelt mit der schweren Tür und ihrer Gehhilfe. Sie tat mir leid.

Entschlossen erhob ich mich, um ihr die Tür aufzuhalten. Herzlich bedankten sich Kundin und Verkaufsberaterinnen. Währenddessen hatte ich die palavernde Herrenrunde fest im Blick. Lauthals übertönten sich die Männer und gleich einer Riesen-Welle schien die Unterhaltung fast über zu schwappen …

„Nina, der eine oder andere Herr hat wahrscheinlich „Rücken" oder „Knie"!", grinste meine Freundin, als wir unseren Bummel fortsetzten. „Ich glaube eher „Kopf",platzte es heftig aus mir heraus.

Wer war denn nun hilfebedürftig? Die Dame mit ihrer Gehhilfe oder die „kopflosen" Herren …

Im Café

Die dralle Dame
sitzt schwitzend vor dampfendem Tee
der schmale Herr direkt gegenüber
scheint zu frösteln - bei einem Eiskaffee.
Sollten sie besser die Getränke tauschen?
sie könne sich an der Kühle
er an der Wärme berauschen.

Verzweifelt ringt sie um Luft
der lange Schal dient ihr als Fächer
die Wirkung leider verpufft
behände springt sie auf -
verfängt sich in der Lehne
klack klack klack
die Knöpfe ihrer knappen Bluse
mutieren zu wilden Geschossen
mit -zweien davon wird er fast erschossen
hätte sein Törtchen liebend gern
in Ruhe genossen.

Die Pracht der deliziösen Torten
lässt sie erbeben
Genuss pur möchte sie erleben
äußert ihren Herzenswunsch:
einmal Herrentorte mit Schuss
einmal Sahnetorte mit Nuss
zwei bis vier Pralinen als krönender Schluss
als Begleitung noch ein duftender Punsch.

Sie wechseln keine Worte
die Dame widmet sich der Torte
er mag es kaum glauben
entsetzt rollt er mit den Augen.
Ihr Magen, ob er zwickt bei den Mengen
die sie locker verdrückt?
Er fasst sich ein Herz:
Meine Liebe, ich mache keinen Scherz
diese Massen bereiten nur Schmerz.
Gern schränke ich mich ein, erwidert
sie mit honigsüßem Lächeln
beginne gleich Morgen unverzagt

mit der Diät

denn dafür ist` s nie zu spät

dann esse ich von den Tortenstücken

eben keine zwei ...... aller guten Dinge

sind bekanntlich immer noch drei ...

Pfiffiges Kerlchen

„Unser Weihnachtsgeschenk, ich sag´es Dir, allererste Sahne", kicherte Tina bei meinem letzten Besuch. Die Feiertage waren überstanden und wir marschierten mit großen Schritten auf die Karnevalssaison zu. „Du machst mich sehr neugierig, schieß` mal los", forderte ich sie gespannt auf. „Emil, der Nachbar drei Häuser weiter, hat sich selbst übertroffen. Zwei Tage vor Heiligabend stand er plötzlich vor der Tür. Bernd öffnete und starrte ungläubig auf das Riesenpaket mit üppiger roter Lackschleife unter Emils Arm. Er hatte Mühe, den Riesenkarton zu bewältigen. Bernd und ich wunderten uns beide, denn wir Nachbarn beschenkten uns nicht und schon gar nicht in der Größenordnung".

„Und was war drin?" Ich platzte vor Neugier. „Er hat sich selbst übertroffen und uns ein Sortiment von Gartengeräten geschenkt". „Nein", ich war perplex. „Eine Überraschung ist doch nett, noch dazu so praktische Gaben", meinte ich belustigt, als ich meine Worte wiedergefunden hatte. „Für Euren großen Garten!".

„Das Präsent hatte schließlich einen stimmigen Grund", fuhr sie lachend fort. „Emil musste seine Remise entrümpeln, deshalb die großzügige Gabe ...

... zumal es sich um Werkzeuge handelte, die er sich im Laufe der Zeit bei uns ausgeliehen und (bis jetzt) nie zurück gebracht hat ..."

Lange Sitzungen

Meine beste Freundin und ich saßen nach einem ausgedehnten Bummel bei Kaffee und Torte in einem kleinen, heimeligen Café in der Altstadt. „Ich glaube, der ist ins Klo gefallen, solange wie das dauert". Diese Worte, hemmungslos und laut geäußert, kamen vom Tisch hinter mir. Sie ließen mich beinahe an meinem köstlichen Totenstück verschlucken. Ich suchte den direkten Blickkontakt zu Bettina. Die weibliche Stimme ließ auf ein älteres Semester schließen. Bettina und ich grinsten uns an. Ein älterer Herr streifte unseren Tisch und nahm hinter mir Platz. „Du hast wohl recht, es scheint eine längere Sitzung zu sein", kicherte er seiner Begleitung zu. Die beiden schienen sich über das Paar, welches an der langen Panorama-Fensterfront am letzten Tisch Platz genommen hatte, zu unterhalten. Momentan saß dort nur eine Hälfte.

„Ich habe ihn auch noch nicht wieder gesehen … ja ja, die Geschäfte …" Es entstand eine längere Pause. Offensichtlich wollten beide ihren Kaffee nicht erkalten lassen. Dafür habe ich größtes Verständnis, nichts ist mir mehr zuwider als schaler, kalter Kaffee.

„Vielleicht klemmt das Schloss". Die Gesundheit des Abwesenden schien der Dame hinter mir eine Herzensangelegenheit. „Oder ihm ist schlecht geworden" fabulierte sie in die Stille. „So schnell kippt man nicht um", beschwichtigte der Mann seine Begleitung. Bettina und ich tauschten amüsierte Blicke.

„Wenn er aber Durchfall hat", tönte es erneut hemmungslos hinter meinem Rücken. „Ach was". Der Herr schien leicht genervt ob der Äußerungen seiner Begleitung. Nur mit größter Not bewahrten Bettina und ich unsere Fassung.

Gern hätte ich mich bei dem älteren Paar für den vergnüglichen Nachmittag bedankt, jedoch hatte dieses das Café just in der Zeit verlassen, als mich eigene wichtige Geschäfte in die Keramik-Abteilung trieben. „Der Herr ist scheinbar ohne Blessuren davon gekommen", klärte mich Bettina später auf. „Er ist in der Zeit, in der Du weg warst, wieder aufgetaucht. Quicklebendig ...und mit sehr zufriedenem Gesichtsausdruck", sie lachte auf: „vermutlich im wahrsten Sinne erleichtert".

Mein herzlicher Dank

gilt heute einem Herrn, dessen Haltung besonders vorbildlich zu nennen ist. Deshalb möchte ich ihm ganz herzlich bei ihm bedanken.

Umfassende Einkaufspläne veranlassten meinen zeitigen Aufbruch am heutigen Freitagmorgen. Mein erklärtes Ziel war das große Einkaufsparadies am anderen Ende der Stadt. Die festlichen Tage, das heißt die Advents- und Weihnachtszeit, stand kurz bevor. Aus Erfahrung als langjährige Familien-Managerin wusste ich um das enorme Kundenaufkommen zu dieser Jahreszeit. Verwundert rieb ich mir die Augen, als ich das Geschäft betrat. Keine Kundschaft weit und breit. Momentan schien ich die einzige Kundin zu sein. In der langen Kassenzone herrschte gähnende Leere, bis auf zwei, drei Kassiererinnen, die höchstwahrscheinlich aufgrund quälender Langeweile miteinander plauschten. Die Damen schienen amüsiert, Gelächter drang zu mir herüber. Routinemäßig fuhr ich die Regalreihen ab, um meine Liste abzuarbeiten. Lange dauerte es nicht, bis sich mein Wägelchen füllte. Rasch wollte ich noch Marzipan-Tee einfangen, als sich meine Wege mit einem Herrn zwischen Toilettenpapier und Kirschkonfitüre verhängnisvoll kreuzten. Ich befand mich bereits zu einem Drittel auf der Kreuzung der Hochregale, um diese zu überqueren, als ich mein Leben (und meine Einkäufe) unter Aufbietung sämtlicher Kräfte sichern musste.

Die einzelne männliche Person nahm mir forsch die Vorfahrt, um im Autofahrerjargon zu sprechen. Sie schien in Eile. Ohne sich nach links und rechts zu vergewissern,rauschte der Typ von links vor mir her. Nur mit knapper Not entgingen wir einem totalen Crash. Diesen glücklichen Umstand verdankte ich meiner vorausschauenden Weitsicht. Im ersten Moment war ich verdutzt, dann aber erfasste mich namenloses Mitleid mit dem hastigen Herrn. Hektik kam auf und der Laden füllte sich zusehends, wahrscheinlich war er von dieser in Gänze erfasst.

Daher musste ich mich einfach an ihn wenden:

„Danke", äußerte ich laut und deutlich, als wir dicht aneinander vorbei schrammten und er mir fast über die Füße fuhr. Dabei blickte ich ihm fest in die Augen. Irritiert stutzte dieser und hielt sekundenlang inne. Dann antwortete er mit einem ebenso lauten „Bitte"...

Berufskrankheit

Der Tipp einer meiner Sportkameradinnen war Goldwert: Endlich hatte ich einen vertrauenswürdigen Arzt gefunden. Und war erleichtert.

Um Arztpraxen machte ich gern einen großen Bogen und suchte diese erst in allerletzter Sekunde, das heißt im akuten Notfall auf. In diesem speziellen Fall kam ich um diverse Termine nicht herum und fügte mich in mein Schicksal.

Bereits mein „Antrittsbesuch" beim empfohlenen Arzt nahm mir Anspannung und Schrecken. Herr Dr. Niemann, ein Mediziner in den späten Fünfzigern, war mir auf den ersten Blick sympathisch. Ein sehr schlanker, aufrechter Herr mit blankem Haupt begrüßte mich mit gewinnendem Lächeln. Er strahlte Ruhe und Gelassenheit aus. Bevor er mich untersuchte, fragte er mich eingehend nach meinem Befinden und machte sich zahlreiche Notizen. Die folgenden Termine verloren ihre Schrecken und ich sah denselben gelassen entgegen.

Bei einem der nächsten Matches fragte Tina interessiert: „Was hältst Du vom Doc? Bist Du zufrieden?" „Danke Dir für den Tipp, bei Doc Niemann bin ich sehr gut aufgehoben". „Und ... was sagst Du dazu?" Die Betonung ihrer Frage ließ mich stutzen. „Was meinst Du?" Momentan „stand" ich auf der Leitung". Krampfhaft dachte ich nach. „Wie? Es ist Dir nicht aufgefallen?" Tina grinste. „Wovon genau sprichst Du?"„Na ja, seine Berufskrankheit eben ..." Ganz sacht trommelte sie mit ihrem Zeigefinger auf die Tischplatte. In einer kleinen Pause saßen wir an der Bar des Vereinsheimes und genossen unsere Fitness-Cocktails. „Aaaaaah ..." Allmählich dämmerte es mir und die Erinnerung kam zurück.

Tina spielte auf seine spezielle Haltung beim Schreiben an. Der Doc schrieb stets mit steifen Fingern, das heißt allerdings nicht, dass er unter einer gewissen Steifheit derselben litt. Bei sämtlichen Niederschriften hielt er seinen kostbaren Füllfederhalter eingeklemmt zwischen Daumen und lang ausgestrecktem, steifen Zeigefinger, wobei dieser das Schreibgerät leicht kreuzte, während Zeigefinger und Daumen parallel geradeaus "schauten". Die originelle Fingerhaltung des Herrn Doktor vor Augen, fiel ich prompt in Tinas Heiterkeit ein. Krampfhaft versuchte ich mich, auf dem Barhocker zu halten.

... Dr. Niemann war Gynäkologe und hat mich während meiner Schwangerschaft bestens betreut.

Ruhender Verkehr

Der Bericht fesselte mich und brachte meine Phantasie ins Rollen. Im Rahmen dieses brisanten Falles wurde ein Thema ganz außer Acht gelassen. Ein nicht zu unterschätzender Bereich, der keinerlei Erwähnung fand. Wieso hat sich niemand Gedanken darum gemacht? Weil er zu unbedeutend erscheint? Aus dem Grund möchte ich an dieser Stelle einige Überlegungen äußern.

Hund zwischen den Geschlechtern – Überlegungen, dem vierbeinigen Gefährten die Trennung zwischen Frauchen und Herrchen zu erleichtern

war der Report übertitelt.

Interessiert las ich, während mir ein wichtiger Gedanke nicht aus dem Kopf ging. Um das Wohl von (gemeinsamen) Kindern und Haustieren nicht zu gefährden, werden bei einer Trennung etliche Punkte berücksichtigt, was ist aber mit einem gemeinsamen PKW? Nicht nur den Herren der Schöpfung, auch manche weibliche Wesen hängen an dem vierrädrigen Gefährten, sprich dem Auto. Verfügt jeder der Partner über ein eigenes Auto, können sie sich zufrieden schätzen und ein großes Problem bezüglich der Trennung ist gelöst.

Gesetzt den Fall, ein Paar in Trennungs-(-Absicht) besitzt nur einen Wagen? Es soll Fälle geben, in denen eine Einigung in gegenseitigem Einvernehmen verläuft. Ich habe von einer Situation gehört, in der sich ehemalige Ehepartner ein Auto teilen. Das ist möglich, weil beide in einem kleinen Dorf nur eine Straße voneinander entfernt wohnen und zudem noch (freundschaftlichen) Kontakt pflegen. Kinder und auch Haustiere sind enormen Druck durch die verschiedenen Trennungsphasen ausgesetzt. Ihr Leidensweg ist krass. Autos jedoch ... auch hier sind die Folgen einer Trennung sind nicht zu unterschätzen.

Bei den vierrädrigen Gefährten treten Effekte auf, die man bedenken sollte: Als erstes denke ich dabei an unterschiedliche Fahrstile des jeweiligen Autolenkers. Ein Fahrer fährt sanft, der andere peitscht die Gänge bis ins Unendliche ...

Zweitens spielt die Unterbringungsmöglichkeit des PKWs eine erhebliche Rolle: Gesetzt den Fall, einer der Fahrer kann eine Garage sein Eigen nennen, dann ist der Wagen sicher untergebracht. Beim anderen steht das Auto womöglich unter einer Laternengarage und ist erheblichen Naturgewalten ausgesetzt. Logische Auswirkung: Der Wert des Wagens sinkt beträchtlich. Abgesehen davon ist die Frage der Sicherheit des Wagens nicht mehr gewährleistet. Das birgt jede Menge neuen Zündstoff für die ehemalige Partnerschaft.

Sollten diese Konstellationen im besten Fall dazu führen, dass man sich des Autos zuliebe erneut zusammenrauft und abermals einen gemeinsamen Versuch in Sachen Partnerschaft startet?

Kinder und Haustiere würden sich mehr als glücklich schätzen …

Pflaumen für Weihnachten

Das satte Violett zog mich magisch an. Urplötzlich war sie da, meine Eingebung. Innerlich jubilierte ich und war mir sicher: Mein Plan würde aufgehen. Entschlossen ließ ich mir Tüten und Taschen der prallen lila Früchte einpacken.

„Sag mal Nina, wieso schon wieder Pflaumen? Ich mag sie sehr; aber das ist bereits der fünfte Tag in Folge, an denen Du mir Pflaumen servierst". Der Gatte klang verstimmt. „Ich bin nur um Deine Gesundheit besorgt. Du gibst mir in letzter Zeit manches Rätsel auf", sprach ich. „Sieh mal, Pflaumen, Prunus domestica, gehören zur Familie der Rosengewächse und sind sehr gesund. Erstens bringen sie Deine Verdauung in Schwung, zweitens haben sie einen besonders hohen Fruchtzuckeranteil und"

„Ich möchte keinen wissenschaftlichen Vortrag, ich möchte demnächst wieder mal Abwechslung beim Dessert", unterbrach Frederic meinen Vortrag. Besänftigend legte ich ihm meine Hand auf seinen Unterarm und fuhr ungerührt fort: „ Sie geben Dir schnellstens verbrauchte Energie zurück. Mir scheint, die brauchst Du dringend. „Ferner besitzen sie wichtige Vitamine und Mineralstoffe neben Provitamin A, Vitamin C und E, verschiedene Vitamine aus der B-Gruppe", erklärte ich ungerührt. „Nina, welche Vitamine aus welcher Gruppe ist mir so was von egal, ich möchte zwischendurch anderes Obst!" „Ich möchte Dir doch nur erklären, Liebster, warum ich gerade Pflaumen den Vorzug gebe. Also Vitamine aus der B-Gruppe: diese sind besonders wichtig für das Nervensystem, welches bei Dir außerordentlich gestärkt werden sollte, damit Du Dich mehr so schrecklich aufregen musst, lieber Freddy ... Es gäbe noch andere Möglichkeiten: Pflaumenkuchen oder Pflaumenmus, hm, super lecker auf frischen Brötchen". Kompromisslosigkeit ließ ich mir nicht nachsagen ... Die (einwöchige) Pflaumenkur zeigte Wirkung. Da ich dem Gatten ein solides, gesundheitliches Polster für sein angeschlagenes Nervenkostüm verschafft hatte, würde ihn meine Absicht nicht über Gebühr belasten. Die Zeit war reif für einen weiteren Schritt. Die nächstbeste Gelegenheit wollte ich beim Schopfe packen. Früher als gedacht ereilte sie mich.

Der Gatte hatte sich interessiert über den Wirtschaftsteil gebeugt. Dieser kam wie gerufen. „Die Wirtschaftslage wird ja auch immer brisanter. Schon wieder ein Unternehmen in unserer Region am Rande des Bankrotts. Sag mal, wie sieht es eigentlich mit unseren Finanzen aus? Ist es bei uns auch „fünf vor zwölf"? Der Gatte ließ die Zeitung sinken.

„Wie kommst Du denn bloß da drauf? Ich habe unsere Finanzpolitik voll im Griff!" antwortete er im Brustton der Überzeugung. „Dann würde uns eine, hmm, mittlere Ausgabe nicht in den Abgrund stürzen?" Frederic wurde hellhörig. „An welche Summe hattest Du dabei gedacht? Und wozu brauchst Du die Mäuse?"

„Mein Schatz, ich brauche circa 30 Euro extra"... Der Gatte, angespannt, animierte mich mit ungeduldiger Geste zum Weitersprechen. „und?"

„Ich wünsche mir drei neue Designerkugeln in aktuellem Advents-rot für unseren Tannenbaum in diesem Jahr Weihnachten ..."

Ein besonderer Duft

Welch` liebliches Aroma. Ich reckte meine Nase in die Luft. Ein mir gänzlich fremdartiger, jedoch sehr angenehmer Duft lag in der Luft. „Mama, hast Du eine Parfümerie überfallen?" neckte ich sie bei meinem Besuch. Schnuppernd kam ich näher. „Ein neuer Duft?" Meine Neugier konnte ich kaum bezwingen. „Toll, nicht wahr? Mit einem Hauch Zitrone versetzt." klärte sie mich auf. Sie bevorzugte eher die herben Sorten und griff des Öfteren beim Rasierwasser-Sortiment meines alten Herrn zu. „Ich sollte mir mir auch ein neues Duftwässerchen zulegen", überlegte ich laut. „Mama, weißt Du wer es kreiert hat?" „Moment, auswendig kann ich es Dir nicht sagen", sie überlegte einen Moment angestrengt. „Geh´ mal ins Bad und guck auf der Spiegelkonsole. Ich muss nur noch gerade über meine Haare gehen".

Einen Parfüm-Flakon? Sah ich nicht. Neugierig griff ich nach dem Zerstäuber, schaute mir diesen näher an. „Wieso, Du siehst gut frisiert wie immer aus", wunderte ich mich über ihre Unzufriedenheit mit ihrer Frisur. Ich trat hinter sie vor dem großen verspiegelten Kleiderschrank. „Sie liegen gar nicht gut, siehst Du", meinte sie höchst unzufrieden und zupfte zwei bis drei Strähnen zurecht, diese immer wieder aufs Neue arrangierend. Nach einer gefühlten halben Stunde war meine alte Dame endlich mit ihrer Frisur zufrieden. „Nur noch ein bisschen Spray, Kind, dann bin ich ausgehbereit". Lächelnd ging sie ins Bad und griff nach dem Duft auf der Spiegel-Ablage. „Stopp", energisch nahm ich ihr die Flasche aus der Hand.

„Mama" … Ich nahm ein, zwei Anläufe um meine alte Dame aufzuklären. „Kind, was ist mit Dir?" Meine Mutter war perplex. Immer wieder unterbrach mit ein Lachanfall. „Hier bitte lies mal", auffordernd drückte ich ihr den Zerstäuber mit einem Grinsen in die Hand und deutete auf die Beschriftung. Hellauf erschallte ihr Lachen. „Kind, jetzt weiß ich auch, warum meine Haare so derangiert waren und nicht liegen wollten …", meinte sie belustigt, während ich in ihren Heiterkeitsausbruch mit einfiel. „und habe mich schon gewundert warum meine Fußsohlen so klebten". Meine Mutter hatte das Haarspray mit dem Deodorant für ein Frische-Gefühl verwechselt.

Meine nächste Aktivität galt der Anmeldung meiner alten Dame beim Optiker ihres Vertrauens, da ich zunächst annahm, es handle sich um eine kleine Sehschwäche …

Rosige Berufsaussichten

Sollte es wider Erwarten mit einer Karriere als Schriftstellerin nicht klappen, geben einige vielversprechende Aussichten durchaus Anlass zur Hoffnung. Ich werde neue Wege beschreiten. Bei allen drei Möglichkeiten handelte es sich um kreative Tätigkeiten mit viel Eigenverantwortung.

Dass ich dann allerdings wieder einmal die Qual der Wahl hatte, musste ich wohl oder übel in Kauf nehmen.

Als Fotografin

Meine letzte Anschaffung war Gold wert. Ließen sich einige Bildbände erfolgreich verkaufen, konnte ich den enormen Betrag meiner Anschaffung verschmerzen. „Du, die muss ich sehen"! Tanja war neugierig, als ich ihr bei unserem letzten Treffen von meiner Neuanschaffung vorschwärmte. Natürlich hatte ich sie dabei und legte ihr die Fotos vor. Mein Einsatz schien sich ausgezahlt zu haben. Und mein Talent ausbaufähig, dessen war ich mir sicher. „Sehr künstlerisch", schwärmte sie. „Viel zu schade, sie nur für Dich zu behalten. Bring` sie auf jeden Fall an die Öffentlichkeit". Enthusiastisch spann sie den Faden weiter: „Stell` Dir vor: Ein Band „Metropolen der Welt" mit den tollsten und und und Bauwerken der großen Städte …"

„Übrigens: damit hab ich schon begonnen und eine abgelichtet", erzählte ich stolz. Interessiert schaute sie sich die Fotos an. „Siehst Du, Du kommst Deinem ersten Band schon näher. Und welche ist Dir vor die Linse gekommen? Wien, Madrid, Rom, Mailand ..." Ich winkte ab. „Nein, nicht international, Ich habe mich erst „national" betätigt. „Wo warst Du denn nun in der Zwischenzeit gewesen?" Tanja und ich hatten uns eine Zeitlang nicht gesehen. Um das ewige Pendeln mit in ihrer neuen Fernbeziehung zu beenden, zog sie kurzentschlossen ein halbes Jahr nach Süddeutschland zu ihrem Lebenspartner – probehalber - . Überlegungen der beiden, wo sie sich gemeinsam niederlassen könnten, beschäftigten sie sehr und unser regelmäßiger Kontakt beschränkte sich in letzter Zeit auf das Telefon. „In Berlin, Frankfurt, München ..." Ich atmete tief durch und lächelte: „In einer Großstadt unserer Heimatregion: In Herford bei Bielefeld ..." Fast verschluckte sie sich.

Ich hatte die Kamera meines neuen Smartphones entdeckt und war fasziniert von den tollen Fotos von hervorragender Bildqualität ...

Als Maklerin

Die Möglichkeit, die ich gedanklich durchspielte, lag sprichwörtlich vor mir wie ein offenes Buch. Dabei ersparte ich mir sogar eine Zusatzausbildung oder zeitintensives stressiges Studium.

Da ich schon immer ein besonderes Interesse für Immobilien, sprich Häuser und Wohnungen hatte, lag diese Tätigkeit sehr nahe. Und sie war leicht erlernbar. Da ich nicht mehr zu den Berufseinsteigerinnen (eher „Aussteigerinnen" (50 plus plus plus)) zähle, zog ich diese Möglichkeit in Betracht, falls ich noch etwas in meinem beruflichen Dasein erreichen wollte. Eine Tabelle mit Vor- und Nachteilen sollte mir meine Entscheidung erheblich erleichtern. Glücklicherweise hatte ich eine feste Anstellung, so dass ich nichts überstürzen musste und mit Bedacht planen konnte. Ein zeitliches Limit sollte mir meinen Entschluss erleichtern. Interessiert blätterte weiter ... durch die Anleitung zu meinem neuen Festnetz-Telefon ... und stieß auf die Funktion „Makeln".

Leider war damit nicht das Makeln von Häusern und Wohnungen gemeint, es bezog sich vielmehr auf den Umgang mit mehreren Telefonleitungen gleichzeitig...

Event-Management

Wenn nichts mehr ging: „Denn das Gute liegt so nah ..."

Konnte ich mich absolut nicht entscheiden, sollte ich vielleicht sollte ich auf Altbewährtes zurückgreifen und einen Bereich meines jetzigen Berufes mit aller mir zur Verfügung stehenden Energie ausbauen:

Ich würde eine zukünftige Tätigkeit als Event-Managerin anstreben. Meine jahrelangen Erfahrungen sprachen für sich: Einmal im Monat nahm ich eine Raumbuchung vor. In ein eigens vom Amt entwickelten Programm buchte ich einen Raum für unsere Abteilungssitzung. Ein umfassendes und größer angelegtes Event-Management lag daher sehr nahe ...

Nachwort

Gern möchte ich zum Schluss noch ein paar Gedanken äußern:

Mit diesem Kapitel möchte ich das Buch zunächst beschließen. Dabei fiel es mir nicht leicht, einen Schlusspunkt zu setzen, da eine Beendigung von Anekdoten dieses Genres fast unmöglich erscheint.

Jeden Tag erlebe ich Neues, so dass sich fortlaufend eine unendliche Serie von Episoden verfassen ließe.

Habe ich genügend Material gesammelt, drohe ich Ihnen schon jetzt, verehrtes Lesepublikum, mit einer Fortsetzung ...

Ihre Nina Kather

Zeitfracht Medien GmbH
Ferdinand-Jühlke-Straße 7
99095 Erfurt, Deutschland
produktsicherheit@kolibri360.de